# Princesse Éloane
## et le dragon

# Princesse Éloane et le dragon

## Daniel Laverdure

*Illustrations de Sampar*

COLLECTION
SAUTE-MOUTON

ÉDITIONS
MICHEL
QUINTIN

**Données de catalogage avant publication (Canada)**

Laverdure, Daniel

   Princesse Éloane et le dragon

   ( Collection Saute-mouton ; 24 )
   Pour enfants de 6 ans et plus.

   ISBN 2-89435-220-4

   I. Sampar.  II. Titre.  III. Collection : Saute-mouton
(Waterloo, Québec) ; 24.

PS8573.A816P742 2003   jC843'.54   C2003-940668-7
PS9573.A816P742 2003
PZ23.L38Pr 2003

*Révision linguistique :* Monique Herbeuval

  Patrimoine canadien   Canadian Heritage

La publication de cet ouvrage a été réalisée grâce au soutien
financier du Conseil des Arts du Canada et de la SODEC.
De plus, les Éditions Michel Quintin bénéficient de l'aide
financière du gouvernement du Canada par l'entremise du
Programme d'aide au développement de l'industrie de
l'édition (PADIÉ) pour leurs activités d'édition.

Gouvernement du Québec – Programme de crédit d'impôt
pour l'édition de livres – Gestion SODEC

ISBN 2-89435-220-4
Dépôt légal - Bibliothèque nationale du Québec, 2003
Dépôt légal - Bibliothèque nationale du Canada, 2003

© Copyright 2003
Éditions Michel Quintin
C.P. 340, Waterloo (Québec) Canada J0E 2N0
Tél.: (450) 539-3774   Téléc.: (450) 539-4905
Courriel: mquintin@mquintin.com

1 2 3 4 5 6 7 8 9 0 M L 9 8 7 6 5 4 3

Imprimé au Canada

*À Jules, un petit garçon
qui pète le feu*

# 1

## Pauvres chevaliers

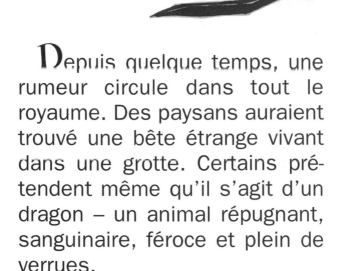

Depuis quelque temps, une rumeur circule dans tout le royaume. Des paysans auraient trouvé une bête étrange vivant dans une grotte. Certains prétendent même qu'il s'agit d'un dragon – un animal répugnant, sanguinaire, féroce et plein de verrues.

Les habitants sont terrorisés car la dernière fois qu'un dragon était passé dans le coin, des villages entiers avaient été détruits et les champs de maïs avaient brûlé.

Ce qui avait provoqué des amoncellements impression- nants de maïs soufflé.

Même si cela est arrivé il y a fort longtemps, les villageois en parlent encore. Aussi, cette fois, on veut à tout prix empêcher qu'une pareille catastrophe se reproduise. Il faut donc absolument éliminer cette créature qui semble tout droit sortie d'un horrible cauchemar.

Un émissaire est envoyé au château pour demander au roi de libérer le bon peuple de cette menace. Le roi, qui tolère à peine le chat de sa fille, n'en revient pas :

— Un dragon? En êtes-vous sûr?

— Tout à fait, Votre Majesté.

Alors, le roi envoie ses meilleurs chevaliers combattre le dragon. Ils le traquent et le défient, sans succès. Ils reviennent de la bataille presque complètement cuits.

La nouvelle se répand rapidement et d'autres chevaliers accourent de partout pour terrasser le monstre. Mais personne ne réussit à le vaincre.

La mine basse et roussis des pieds à la tête, les chevaliers ont tellement honte qu'ils en rougissent. Mais comme ils sont noircis par la suie, ça ne se voit pas, heureusement.

Voilà le roi bien ennuyé :

— Il n'y a pas de doute, il faut tenter autre chose... Mais quoi?

# 2

# Mauvaise nouvelle

La princesse Éloane voit bien que son père est préoccupé.

— Que se passe-t-il, papa-roi? Où est passée ta bonne humeur?

— Ne te moque pas de moi, ma fille! Tu sais très bien que je ne suis jamais de bonne humeur. C'est normal, je suis le roi, et le roi doit régler tous les problèmes du royaume...

— Je le sais bien. Mais tu sembles plus songeur que d'habitude.

— C'est que le problème d'aujourd'hui n'est pas ordinaire.

— C'est au sujet du dragon, c'est ça? Ce serait donc vrai ce qu'on murmure au-delà de nos murs... Crois-tu que nous soyons en danger?

— Éloane, ce n'est pas le dragon qui m'inquiète, c'est un problème beaucoup plus sérieux. Assois-toi et écoute.

La princesse s'exécute aussitôt.

Le roi est tellement nerveux qu'il ne peut s'empêcher de tourner autour du fauteuil de la princesse. Comment lui annoncer cette terrible nouvelle sans lui faire vivre les pires tourments?

— Papa! Cesse de tourner en rond, tu m'étourdis! Quel est le problème?

— C'est Hubert, ton prince.

— Qu'est-ce qu'il a fait? Il n'est pas à l'animalerie[1]?

— Non, justement. Comme il a une bonne connaissance des animaux, il croit être en mesure de venir à bout de...

— De quoi? Pas du dragon, j'espère?!

— Si, j'en ai bien peur, ma chérie. Il est parti ce matin, revêtu de sa nouvelle armure en acier trempé double épaisseur. Il était si lourd qu'il n'a pas réussi à monter sur son cheval, alors il a pris ta bicyclette.

— Quoi? Dis-moi que c'est une blague! Je ne peux pas le croire. Pas MA bicyclette!!!

[1] Voir *Princesse cherche prince charmant*, Éditions Michel Quintin.

Éloane doit faire quelque chose. Sans plus tarder, elle met ses chaussures de marche préférées – les grosses bottines avec les petites étoiles. D'un pas alerte et décidé, elle se lance sur la piste de son prince.

Son allure ne laisse planer aucun doute sur ses intentions.

La princesse veut rejoindre son prince et découvrir quel est ce dragon qui chauffe les oreilles de tous les braves chevaliers du royaume.

La piste la mène jusqu'au pied de la montagne Dubedonron où elle retrouve sa bicyclette. Elle grimpe rapidement sur le cap rocheux qui surplombe l'entrée

de la grotte où devrait se trouver le dragon.

Une odeur de caoutchouc brûlé empeste les lieux. C'est à ce moment que la princesse aperçoit Hubert, affublé de son

armure en acier trempé double épaisseur, qui se dirige à pas très, très lents vers la caverne.

Si le prince ne marche pas plus vite, c'est bien sûr à cause de sa lourde armure. Mais il y a une autre raison. Il a peur. Il craint en effet d'oublier toute sa science animalière en arrivant devant le dragon et de ne pouvoir retenir un grand cri. Cela énerverait le monstre qui risquerait alors de cracher toutes les flammes de l'enfer. Heureusement, Hubert est bien protégé par son armure en acier trempé double épaisseur.

Soudain, Éloane aperçoit l'animal sous un bouquet de pins immenses. Elle n'en croit pas ses yeux. Il est énorme!

Étendu de tout son long, il semble plongé dans un profond sommeil.

Ce dragon est gigantesque! Éloane s'inquiète un peu pour

Hubert déjà épuisé rien qu'à porter son armure en acier trempé double épaisseur.

# 3

## Atchoum!

L'énorme dragon continue de dormir pendant que Hubert cherche du regard l'affreux carnassier. Éloane s'assoit et observe la scène. Comme elle souhaite un peu plus d'action, elle décide de s'en mêler.

— Hubert! Huuubert!

— Éloane? Qu'est-ce que tu fais là?

— Je suis venue voir si j'avais raison de m'inquiéter.

— Mais il ne fallait pas, ma chérie!

— Je n'allais quand même pas manquer ça. Allez, Hubert! Vas-y! Tu es capable, mon «princinet»!... Ne va pas par là! Il est sous les pins, à ta gauche!

Le prince ne se sent pas du tout rassuré. Les encouragements de la princesse risquent de le déconcentrer. Il s'approche du dragon qui ne se réveille pas. Il est tout près, maintenant. Il le regarde. Et il ne fait rien.

— Qu'est-ce que tu fais, Hubert?

— Il dort!

— Je le sais bien, qu'il dort! Réveille-le et fais ton travail de chevalier.

Tout à coup, le dragon remue le nez de gauche à droite. Puis il ouvre les yeux et voit Hubert dans son armure en acier trempé double épaisseur. D'un bond, il saute sur ses pattes. Hubert est si surpris qu'il en tombe sur le derrière dans un grand fracas métallique.

Le monstre, qui semble intimidé, se retourne. Il se met ensuite à inspirer très fort. Une fois, deux fois, trois fois… puis:

AAATCHOOUMM!

# 4

## Boummm!

Le bruyant éternuement n'est rien en comparaison de la fantastique explosion qui se produit simultanément. C'est que ce dragon ne crache pas de feu, mais que chaque fois qu'il éternue, il ne peut s'empêcher de péter des étincelles, beaucoup d'étincelles.

Et comme le prince Hubert se trouve derrière l'animal, c'est sur lui que les flammèches rejaillissent. Son armure en acier trempé est complètement noircie. On dirait une guimauve tombée au milieu du feu.

Éloane ne sait pas si elle doit hurler d'effroi ou éclater de rire. Dressée sur la pointe des pieds, elle bat rapidement l'air des deux mains, tout comme le ferait un poussin qui tente de s'envoler.

— Hubert! Huuubert! Comment ça va? Est-ce que la double épaisseur de ton armure a servi à quelque chose?

— Non. Ça met deux fois plus de temps à refroidir.

La bête recommence à émettre des bruits étranges. Elle va de nouveau éternuer. Aussitôt,

Hubert quitte son armure comme s'il venait de s'asseoir sur une pelote à épingles et il déguerpit à toute vitesse.

La princesse, qui ne peut s'empêcher de se bidonner, lui crie :

— Prends ma bicyclette et retourne à la maison. Je vais m'occuper du dragon.

— Quoi!?

— Vas-y, ne t'inquiète pas pour moi.

— Je ne m'inquiète pas pour toi. Je suis seulement surpris que tu me prêtes ta bicyclette.

# 5

# Pihgo

**P**endant que le prince Hubert, en route vers le château, tente de reprendre ses esprits – et sa température normale –, Éloane va à la rencontre du fameux dragon.

Ce dernier est effrayé. D'abord parce qu'il n'a pas l'habitude de voir quelqu'un venir vers lui sans arme et sans aucune crainte. Et puis aussi parce

qu'il est affreusement timide.
Mais ça, Éloane l'avait déjà
remarqué. En effet, dès que le
dragon avait aperçu Hubert, il
s'était dépêché de se détourner.

— N'aie pas peur. Je veux
seulement t'aider, dit Éloane
d'une voix douce.

Elle est maintenant si près
du dragon qu'elle arrive à lire
l'inscription sur le collier qu'il
porte : *Pihgo.*

— Quel joli nom! Écoute, Pihgo, il n'est plus question que tu habites cette grotte humide et froide. Pour soigner ton rhume, tu as besoin de chaleur et d'air pur. Viens avec moi, les jardins du château sont si vastes. Tu pourras y vivre sans gêner personne.

La princesse et le dragon font route ensemble, comme de vieux amis. Éloane lui parle de sa vie au château, de son chat, de son père... Pihgo ne comprend pas un mot. Mais pour une fois que quelqu'un s'occupe de lui, il ne va pas faire le capricieux.

Depuis ce jour, les habitants de la région ont appris à vivre en compagnie de Pihgo et

font tout pour que le dragon n'attrape jamais de grippe.

Parfois, le soir venu, Éloane s'installe à la fenêtre de sa chambre et scrute la nuit, cherchant le dragon du regard. Quand il lui arrive d'apercevoir une lueur au loin, la princesse sourit en disant :

— À tes souhaits, Pihgo!

# Table des matières